3. Lesestufe

Manfred Mai

Leonie
im Zickenstress

Mit Bildern von Betina Gotzen-Beek

Ravensburger Buchverlag

Bibliografische Information Der Deutschen Bibliothek:

Die Deutsche Bibliothek verzeichnet diese Publikation
in der Deutschen Nationalbibliografie.
Detaillierte bibliografische Daten sind im Internet
über **http://dnb.ddb.de** abrufbar.

1 2 3   09 08 07

Ravensburger Leserabe
© 2007 Ravensburger Buchverlag Otto Maier GmbH
Umschlagbild: Betina Gotzen-Beek
Umschlagkonzeption: Sabine Reddig
Redaktion: Marion Diwyak
Printed in Germany
ISBN 978-3-473-36211-0

www.ravensburger.de
www.leserabe.de

Inhalt

Ein kluges Mädchen

Leonie, Antonia und Maren sind
Freundinnen, seit sie in die Schule gehen.
Manchmal streiten sie auch miteinander,
aber länger als einen Tag waren sie
bisher noch nie verkracht.
Richtig verkracht waren sie neulich mit
Florian, Moritz und Alexander. Die drei
haben behauptet, Mädchen seien doof.
Leonie, Antonia und Maren wollten ihnen
beweisen, dass sie nicht doof sind. Es
begann ein spielerischer Wettkampf, aus
dem mit der Zeit bitterer Ernst wurde. Die

Kinder haben das gerade noch rechtzeitig
gemerkt und den Wettkampf beendet.
Seither vertragen sie sich wieder – was
allerdings nicht heißt, dass sie sich nicht
weiterhin gern necken.
Dazu bieten sich im Freibad natürlich
schöne Gelegenheiten.
Die Mädchen liegen bäuchlings auf ihren
Badetüchern und lassen sich von der
Junisonne bräunen. Da schleichen sich
die drei Jungs von hinten an. Von
den Kleinen am Spielplatz haben sie
Eimerchen geborgt und mit Wasser
gefüllt. Auf Alexanders Zeichen hin
schütten sie den Mädchen das Wasser
auf den Rücken. Die kreischen und
springen auf, die Jungs kugeln sich vor
Lachen.
Nach dem ersten Schreck ruft Leonie:
„Danke für die Abkühlung!"

„Hä?", sagt Alexander, der mit einer
anderen Reaktion gerechnet hat.
„Ja, das hat richtig gut getan bei der Hitze.
Füllt doch eure Eimerchen bitte gleich
noch mal!", setzt Maren noch eins drauf.
Moritz starrt das Eimerchen an und wirft
es plötzlich weg, als habe er sich die
Finger daran verbrannt. „Das ist doch
nicht mein Eimerchen!"
„Es passt aber gut zu dir", sagt Leonie.
„Fehlt nur noch ein Schäufelchen und der
Schnuller, dann kannst du dich in den
Sandkasten setzen und mit den Kleinen
buddeln."
Jetzt stehen die Jungs da wie Kühe
wenn's donnert, und die Mädchen lachen.
„Du … du … du bist … ein …", stammelt
Alexander.
„Ein kluges Mädchen, wolltest du sagen.
Stimmt's?", fragt Leonie grinsend.

„Ein Miststück, wollte ich sagen!", zischt Alexander. „Und weißt du, was du mich kannst …"

„Ich kann's mir denken", fällt Leonie ihm ins Wort, „aber ich lecke lieber an einem Eis. Und das kaufe ich mir jetzt."

Die Mädchen gehen zum Kiosk und schauen sich unterwegs ein paarmal um, weil sie mit einem Angriff rechnen, aber die Jungen sind nicht zu sehen.

Dafür kommen ihnen Valerie und Jana entgegen, beide im knappen Bikini.

„Hey!", sagen sie und stolzieren vorbei, als wollten sie ihren Bikini auf dem Laufsteg vorführen.

„Blöde Ziegen", flüstert Leonie.

„So einen Bikini möchte ich auch", murmelt Antonia. „Aber meine Mama sagt, dafür sei ich noch zu jung."

„Ich hatte mal einen", sagt Leonie. „Wenn

ich ins Wasser gesprungen bin, ist mir
immer das Oberteil hochgerutscht …"
„Dann hat man ja …", Antonia kichert.
„Dann hat man ja deinen Busen gesehen."
Leonie zeigt ihr einen Vogel. „Ich hab
doch noch gar keinen!"
„Aber wenn du einen hättest …"
„Deswegen will ich keinen so knappen
Bikini!", fällt Leonie ihr ins Wort.
„Mir gefallen sie besser als Badeanzüge",
sagt Antonia. „Und ich nerve meine Mama
so lange, bis sie mir einen kauft."
Aber jetzt kaufen sie erst mal ein Eis
und lassen es sich schmecken.

Als sie wieder auf ihren Badetüchern
sitzen, kommen Valerie und Jana und
setzen sich zu ihnen. Sie reden über
Popgruppen und Fernsehserien.
„Habt ihr gestern **Verbotene Liebe**
gesehen?", fragt Valerie.
„Klar!", antwortet Antonia.
Leonie und Maren schütteln den Kopf.
„Warum nicht?", fragt Valerie. „Dürft ihr
das nicht sehen?"
„Ich … äh …" Maren guckt Leonie an.
„Ich will es gar nicht sehen", sagt Leonie.
„Das glaub ich nicht, du darfst nur nicht",
behauptet Valerie.
„Glaub doch, was du willst!"
„**Verbotene Liebe** ist supi!", schwärmt
Valerie. „Ich schau das jeden Abend an,
und gleich danach kommt **Marienhof**."
„Und du darfst das alles sehen?", fragt
Maren zweifelnd.

„Klar, ich habe einen Fernseher in meinem Zimmer und kann sehen, was ich will."

„Das glaub ich nicht", sagt jetzt Leonie.

„Du bist ja nur neidisch, weil ich einen eigenen Fernseher habe und du nicht", behauptet Valerie.

„Ich habe mit meinem Papa und meiner Mama zweimal **Verbotene Liebe** und **Marienhof** gesehen", sagt Leonie.

Die anderen Mädchen gucken sie überrascht an. Mit den Eltern hat noch keine von ihnen solche Sendungen gesehen.

„Da spielen so viele Leute mit, dass man ganz durcheinanderkommt. Und dauernd streiten und knutschen sie, das finde ich doof. Das würde ich nicht ansehen, selbst wenn ich einen Fernseher in meinem Zimmer hätte."

„Puh!", macht Valerie und verzieht sich mit ihrer Freundin.

Eine Neue

Am nächsten Tag kommt eine neue
Schülerin in die vierte Klasse.
„Das ist Chiara Sailer", stellt die Lehrerin
das Mädchen vor. „Ich bitte euch, seid nett
zu ihr, damit sie sich für den Rest des
Schuljahres bei uns wohl fühlt."
Die Kinder mustern die Neue von oben bis
unten. Sie hat kurze, rot gefärbte Haare,
die zu Stacheln hochgegelt sind.

Den Oberkörper bedeckt ein blaues, bauchfreies T-Shirt. Dazu trägt sie eine giftgrüne Hose und die Füße stecken in pinkfarbenen Nike-Schuhen.

Die schwarze Schultasche, auf der das weiße Nike-Zeichen leuchtet, baumelt von der rechten Schulter.

„Möchtest du uns etwas über dich erzählen?", fragt Frau Schröder.

Chiara schüttelt den Kopf.

„Äh … ja … gut, das muss auch nicht gleich sein", sagt Frau Schröder. „Neben Svenja ist noch ein Platz frei; setz dich bitte erst mal dorthin."

Chiara schaut in die Klasse.

„Hier!", ruft Svenja und winkt. Sie scheint sich zu freuen, dass sie eine Tischnachbarin bekommt.

Chiara geht durch die Klasse und setzt sich.

„Wir beschäftigen uns im Deutsch-
unterricht seit letzter Woche mit Texten
zum Thema Mode", erklärt Frau Schröder
Chiara. Dann schaltet sie den Tageslicht-
projektor ein und legt eine Folie auf:

**Heute haben mich
meine Eltern
neu eingekleidet.
Neues Hemd.
Neuer Pulli.
Neue Jacke.
Neue Hose.
Neue Schuhe.**

„So gut möcht ich es auch haben", ist von
hinten zu hören.
„Das ist der Anfang eines Gedichts", sagt
Frau Schröder. „Schreibt bitte in euer Heft,
wie es weitergehen könnte."

Während die Kinder schreiben, schaut
ihnen die Lehrerin über die Schultern.
Dabei kann sie lesen:

Ich freue mich
und danke meinen
Eltern.

Ich sehe super aus
und freue mich

Jetzt
fehlt nur
noch eine
neue Mütze.

Dabei mag ich
keine neuen
Klamotten.
Meine alten sind
mir viel lieber.

Ein paar Kinder lesen vor, was sie
geschrieben haben. Dann legt Frau
Schröder eine zweite Folie auf.

**Meine Mutter
und die Verkäuferinnen
haben immer gesagt,
alles passe gut zusammen –
und zu mir.**

„Aber das Kind mag die neuen Sachen
nicht, glaube ich", sagt Leonie.
„Du hast den Satz mit einem Aber
begonnen", sagt Frau Schröder. „Das
finde ich sehr interessant. Ihr werdet
gleich sehen, warum." Sie legt die dritte
Folie auf.

Aber
wenn ich die neuen Sachen trage,
ist mir ganz komisch.
Ich weiß gar nicht mehr,
ob ich noch ich bin.

„So geht's mir auch mit neuen Klamotten",
sagt Marie.
„Die sitzen am Anfang noch nicht so
richtig", fügt Maxi hinzu.
„Aber deswegen weiß ich doch immer
noch, dass ich ich bin", sagt Antonia.
Jetzt meldet sich Chiara zum ersten Mal
zu Wort. „Ich bin sogar noch mehr ich,
wenn ich neue Klamotten trage",
behauptet sie.
„Wie meinst du das?", fragt die Lehrerin.
„Ich fühle mich viel wohler in coolen,
neuen Sachen als in so alten …"
„Bei mir ist es umgekehrt", sagt Marie.

Es gibt eine längere Diskussion darüber.
Dabei wird deutlich, dass die meisten sich
über ein neues Kleidungsstück freuen. Ein
Teil der Mädchen und Jungen überlässt
die Auswahl der Kleidung allerdings ihren
Eltern, vor allem ihren Müttern.
Die anderen wollen beim Einkaufen
mitreden und mitbestimmen.
„Ich will nur neue Klamotten, die cool
sind", sagt Chiara.
„Und was ist für dich cool?"
„Das, was sie jetzt anhat!", platzt Moritz
heraus.
„Lass bitte Chiara selbst antworten",
ermahnt ihn die Lehrerin.
„Er hat Recht", sagt Chiara. „Das finde ich
cool, sonst würde ich es nicht anziehen."
„Du hast uns immer noch nicht gesagt,
was für dich cool ist – ist es
Markenkleidung?", fragt die Lehrerin.

Chiara nickt. „Ich zieh nichts von H&M oder von einem Billigladen an."

„Die spinnt ganz schön", flüstert Leonie ziemlich laut.

„Markenkleidung ist doch irre teuer", sagt Maren.

„Dafür ist sie aber auch viel besser als der billige Schrott", entgegnet Chiara.

„Meine Mama sagt immer, wenn sie uns nur Markenklamotten kaufen würde, müsste sie einen Geldscheißer haben!", ruft Moritz.

Beim Wort Geldscheißer lachen die Kinder.

„Ein Geldscheißer wäre toll", murmelt
Antonia, „dann könnte ich mir alles
kaufen, was ich will."
„Da es so etwas nicht gibt, können sich
viele Leute die teure Markenkleidung nicht
leisten", sagt Frau Schröder.
Chiara zuckt mit den Schultern. „Dafür
kann ich doch nichts."
Frau Schröder holt tief Luft. „Nein, dafür
kannst du nichts!"

„Wenn ich etwas Neues zum Anziehen bekomme, muss ich mich in den Sachen wohl fühlen und sie müssen zu mir passen", sagt Leonie. „Die Marke ist mir egal."

Einen Augenblick lang wird es tatsächlich mucksmäuschenstill im Zimmer.

Es sieht so aus, als wolle Chiara etwas sagen, doch dann schluckt sie es hinunter.

Dafür redet Frau Schröder: „Genau darum geht es in dem Gedicht. Und was sagt es dazu?"

„Die Eltern und die Verkäuferinnen suchen lauter neue Sachen aus, die gar nicht zu dem Kind passen", antwortet Lara. „In denen fühlt es sich nicht wohl."

„Es ist … es fühlt sich wie … wie fremd darin", sagt Maxi.

„Das hast du schön gesagt, Maximilian",

lobt ihn die Lehrerin. „Das Kind denkt: Ich weiß gar nicht, ob ich noch ich bin.
Es kommt sich in den neuen Kleidern also selbst fremd vor."
Marie meldet sich und schlägt als Überschrift für das Gedicht **Bin ich noch ich?** vor.
Frau Schröder nickt anerkennend. „Der Autor hat wohl in die gleiche Richtung gedacht, nur hat er es kürzer ausgedrückt."
Die Kinder überlegen, und es dauert nicht lange, bis sie auf die richtige Überschrift kommen: **Ich?**

Wer ist doof?

Als es zur großen Pause läutet, holt
Svenja ihr Brot aus der Tasche und klappt
es auf.

„Hm, Lyoner", sagt sie und schaut Chiara
an, als warte sie darauf, dass die
ebenfalls ihr Pausenbrot auspackt. „Was
hast du drauf?", fragt sie schließlich.

„Ich nehme schon seit der dritten Klasse
kein Brot mehr mit in die Schule. Ich kauf
mir immer was – man kann sich doch hier
in der Pause was kaufen, oder?", fragt sie.

Svenja nickt. „Der Hausmeister hat ein Häuschen, da kannst du etwas zu essen kaufen …"

„Aber da ist alles sauteuer und du musst dich hinter den Großen anstellen, bis die Pause fast vorüber ist", mischt sich Daniel ein.

„Wo ist das Häuschen?"

„Komm, ich zeig's dir", sagt Svenja.

Vor dem kleinen Holzhäuschen neben der Schülerbücherei steht bereits eine lange Schlange.

„Da stelle ich mich nicht an, das ist mir zu blöd", sagt Chiara.

Einige Mädchen und Jungen aus ihrer neuen Klasse umringen sie und wollen wissen, woher sie kommt.

„Aus San Francisco", antwortet sie.

„Wo ist das?", fragt Alexander.

„Mann, bist du doof!", sagt Maren. „San Francisco ist in Amerika!"

„In … dann … dann …" Alexanders Gehirn arbeitet auf Hochtouren. „Hast du da Englisch geredet?"

„Nein, Russisch!"

„Russisch?", fragt Alexander, der nun überhaupt nichts mehr kapiert.

Chiara rollt mit den Augen. „Bist du wirklich so doof oder tust du nur so? Natürlich habe ich da Englisch geredet, was denn sonst?"

„Dann musst du das ja gar nicht mehr

lernen." Man hört Alexander an, wie er Chiara deswegen beneidet.

Svenja möchte wissen, warum sie jetzt hier ist.

„Weil Wolfi das Leben in Amerika nicht mehr gefallen hat."

„Wer ist Wolfi?"

„Mein Dad."

„Und den nennst du Wolfi?", fragt Semira.

„Genau! Und meine Mom nenne ich Evi. Was dagegen?"

Semira hat nichts dagegen. Sie findet es nur etwas ungewöhnlich, genau wie die anderen.

„Ich muss doch nicht Mama und Papa zu ihnen sagen, nur weil das alle tun", gibt Chiara zurück.

„Ist uns doch egal, wie du deine Eltern nennst", sagt Leonie. „Von uns aus kannst du sie … Hänsel und Gretel nennen –

wenn du das cool findest", fügt sie noch hinzu.

Am liebsten würde sie noch mehr sagen, aber sie tut es nicht und geht mit Maren und Antonia weiter. Sie essen ihre belegten Brote und reden über die Neue.

„Die meint wohl, sie sei was Besseres, nur weil sie aus Amerika kommt", giftet Leonie.

„Ich könnte zu meinem Papa nicht Andi sagen und zu meiner Mama nicht Dagi", sagt Maren.

„Ich auch nicht, aber ..." Antonia zögert, „... ich finde sie trotzdem nicht so doof wie ihr."

Leonie und Maren bleiben stehen und schauen ihre Freundin überrascht an.

„Die findest du nicht doof?", fragt Leonie.

„Dann ..." Sie stockt, beißt von ihrem Brot ab und kaut lange darauf herum.

Nach der Schule stehen noch ein paar
Mädchen bei Chiara. Leonie und Maren
gehen wortlos vorbei. Antonia zögert
einen Moment, geht dann aber doch mit
ihren Freundinnen weiter.
Unterwegs kommen ihnen zwei Frauen
entgegen, beide mit einer Sonnenbrille.
Die haben sie aber nicht auf der Nase, um
die Augen vor den Sonnenstrahlen zu
schützen, sondern auf dem Kopf.

Als sie außer Hörweite sind, fragt Leonie:
„Habt ihr das gesehen?"
„Das macht meine Mama auch", sagt
Antonia.
„Warum? Damit ihr die Sonne nicht auf
den Kopf scheint?"
„Du bist doof!", ruft Antonia.
„Dann geh doch zu deiner Chiara, wenn
ich doof bin und die nicht!", gibt Leonie
zurück.
„Aber ich …" Antonia bricht den Satz ab
und läuft davon.

Als Leonie die Haustür öffnet, steigt ihr ein
wunderbarer Geruch in die Nase.
Sie geht in die Küche und sieht ihren Papa
am Herd stehen und gerade die Soße
abschmecken.
Er wiegt den Kopf hin und her wie immer,
wenn er noch nicht ganz zufrieden ist.

„Da fehlt noch etwas", murmelt er und greift nach der Rotweinflasche.

„Nicht!", ruft Leonie. „Ich mag den Weingeschmack nicht."

„Begrüßt man so seinen Papa?", fragt er.

„Hallo, Papa!", sagt sie. „Du sollst keinen Wein in die Soße tun!"

„Hallo, Leonie!", erwidert er den Gruß.

„Ich mach doch nur einen Spritzer rein, den schmeckst du beim Essen gar nicht!"

„Aber letztes Mal hab ich ihn so sehr geschmeckt, dass mir das ganze Essen nicht geschmeckt hat."

„Letztes Mal war der Spritzer zu kräftig", gibt Papa zu. „Das kann auch dem besten Koch mal passieren."

Er kippt zwei Esslöffel Wein in die Soße.

„Stopp!"

Papa stellt die Flasche weg.

„Ist Mama noch nicht da?", fragt Leonie.

„Nein, aber sie hat vorhin angerufen, dass sie unterwegs ist. Es kann also nicht mehr lange dauern", antwortet Papa. „Deck doch bitte schon mal den Tisch."
Das tut Leonie. Und kaum steht alles bereit, kommt Mama und freut sich, dass sie sich gleich an den gedeckten Tisch setzen darf. Kaum sitzt sie, hört man die Haustür laut ins Schloss fallen und wenig später kommt Marcel in die Küche.
„Hallo!", sagt er und schaut in Schüsseln und Töpfe. „Ey, geil!"

„Ich entnehme diesem Ausruf, dass du mit dem, was auf dem Tisch steht, zufrieden bist", sagt Papa übertrieben deutlich. „Aber ich würde mich noch mehr freuen, wenn du das anders formuliert hättest."

„Vielleicht so umständlich wie du?", kontert Marcel. „Du hast mich doch verstanden, was willst du mehr?"

Papa will etwas sagen, aber seine Frau kommt ihm zuvor: „So reden Jugendliche heute nun mal …"

„Gefällt dir das etwa?"

„Nein, es gefällt mir nicht, aber ich finde es auch nicht so schlimm, dass wir uns deswegen streiten müssen."

„Sonst wird das leckere Essen kalt", mischt sich Leonie ein.

„Genau", sagt Mama, „und das wäre doch sehr schade."

Marcel nimmt sich einen Schlag Nudeln,

eine Scheibe Fleisch und schüttet kräftig
Soße darüber. Nur vom Salat will er
nichts.

Auch die andern füllen ihren Teller.

„Die Soße schmeckt köstlich", lobt Mama
ihren Mann. „Die ist dir heute wirklich
besonders gut gelungen."

„Danke", sagt Papa und guckt Leonie an.
„Siehst du!"

Mama versteht die Bemerkung nicht.

„Leonie wollte mich daran hindern, die
Soße mit einem Schuss Rotwein
abzurunden. Nur mit viel Mühe habe ich
mich durchgesetzt und nun freue ich mich,
dass sie euch so gut schmeckt."

Um das Thema zu beenden sagt Leonie:
„Wir haben heute eine neue Schülerin
bekommen."

„Ein paar Wochen vor dem Ende des
Schuljahres?", fragt Papa erstaunt. „Das

ist aber sehr ungewöhnlich. Hat sie gesagt, warum sie jetzt noch die Schule wechselt?"

„Weil Wolfi das Leben in Amerika nicht mehr gefallen hat", antwortet Leonie mit Chiaras Worten.

„Und wer ist Wolfi?"

Leonie erzählt alles, was sie bisher von Chiara weiß. Und während sie erzählt, hört Marcel aufmerksam zu, was sonst eher selten der Fall ist.

„Die scheint ja eine heiße Type zu sein", meint er.

„Ein bisschen sehr heiß", meint Mama.

Papa wischt sich den Mund ab. „Man soll ja nicht vorschnell über Menschen urteilen, aber wenn ich höre, dass ein Mädchen in Leonies Alter vor allem cool sein will, sagt das schon einiges. Und wenn es gefärbte Haare hat und in

Markenkleidung herumläuft, sagt das auch einiges über die Eltern."

„Es müssen ja nicht alle so langweilig rumlaufen wie die", sagt Marcel und zeigt auf seine Schwester.

„Bäh!", macht Leonie und streckt die Zunge raus.

„Die hat einen Namen", tadelt Mama ihren Sohn, „und Leonie läuft überhaupt nicht langweilig herum. Sie ist Gott sei Dank kein Modepüppchen, aber sie hat ihren eigenen Geschmack und ist immer schick angezogen ..."

„Und unsere Leonie ist nicht nur schick angezogen", wiederholt Papa, „sie ist auch ein hübsches Mädchen. Das hab ich dir schon ein paarmal gesagt, mein lieber Marcel!"

„Das ist Ansichtssache", stichelt Marcel weiter.

„Also, hör mal!"

Marcel grinst, weil er es wieder mal geschafft hat, dass sich alle aufregen. Das macht ihm Spaß und deswegen sagt er auch oft Dinge, die er gar nicht so meint, besonders über seine Schwester.

Papa gibt ihm einen Knuff. „Wenn das Sprichwort **Was sich liebt, das neckt sich** stimmt, musst du uns sehr lieben, ganz besonders deine Schwester."

„Ich liebe dieses Essen", sagt Marcel. „Kann ich noch mal ein Stück Fleisch und Soße haben?"

Mama schüttelt den Kopf. „Was haben wir da nur großgezogen?"

Ein Glücksbringer

Ein paar Tage später wollen Schulleitung
und Lehrer das schöne Wetter für einen
Wandertag nützen. Viele Mädchen und
Jungen freuen sich, dass sie nicht in den
Klassenzimmern sitzen und büffeln
müssen. Andere würden genau das lieber
tun, als durch die Gegend zu latschen.
Deswegen stellen sich manche krank.
In Leonies Klasse drücken sich die beiden
dicksten Kinder, weil sie keinen Schritt
mehr tun wollen, als unbedingt nötig ist.

Und ein Wandertag ist ihrer Meinung nach völlig unnötig.

Beim Sammeln vor dem Schulgebäude wird deutlich, dass sich die Klasse in den letzten Tagen gespalten hat: Bei Chiara stehen neun Kinder, die Sonnenbrillen tragen. Unter ihnen ist auch Antonia. Sie fühlt sich nicht ganz wohl in ihrer Haut, das sieht man trotz der Sonnenbrille. Mehrmals schaut sie verstohlen zu Leonie und Maren hinüber.

„Sonnenbrillen sind heute Morgen noch nicht nötig", meint Frau Schröder.

Die Kinder möchten sie trotzdem nicht abnehmen.

„Wir finden das cool", sagt Svenja.

„Soso, cool." Frau Schröder zieht die Augenbrauen hoch. „Tja, also, dann stellt euch mal in einer Reihe auf, damit wir abzählen können, bevor wir losgehen."

„Vierundzwanzig!", ruft Jan als Letzter.
„Vierundzwanzig möchte ich auch wieder
zurückbringen!", mahnt Frau Schröder.
„Deswegen meine dringende Bitte:
Entfernt euch unterwegs nicht von der
Klasse! Habt ihr mich verstanden?"
„Ja!", rufen die Kinder.
„Gut, dann gehen wir jetzt los."
„Wir finden das cool", äfft Leonie Svenja
nach. „Das kommt garantiert von Chiara.
Und wenn die denen morgen sagt ..."
Leonie sucht nach einem Beispiel.
„... barfuß gehen sei cool, dann laufen
die ohne Schuhe herum."

„Und wenn sie sagt, Mützen seien cool, dann setzen alle eine Mütze auf", ergänzt Marie.

„Dass Antonia dabei mitmacht, versteh ich nicht", murmelt Maren.

„Ich schon", sagt Leonie. „Die macht doch jeden Mist mit."

Maren findet es nicht schön, dass Leonie so über Antonia redet. Schließlich waren sie bis vor wenigen Tagen die besten Freundinnen. Und Maren hofft immer noch, dass sie sich wieder versöhnen und weiterhin Freundinnen bleiben.

Als die Klasse die letzten Häuser hinter sich gelassen und das freie Feld erreicht hat, holen die Ersten schon Brote, Schokoriegel, Obst und Milchschnitten aus ihren Rucksäcken.

Nadir hat einen Ball dabei und kickt mit seinen Freunden.

Florian, Moritz und Alexander albern vor
Chiara herum und versuchen, an ihre
Sonnenbrille zu kommen, was sie aber
nicht schaffen.
„Haut ab, ihr Knalltüten!"
„Pass auf, gleich knallt's bei dir!", droht
Alexander.
Chiara nimmt ihre Brille ab und gibt sie
Svenja. Dann geht alles
blitzschnell. Bevor Alexander
weiß, wie ihm geschieht,
liegt er auf dem Boden und
Chiara steht über ihm.

„Das war Judo", sagt jemand.

Alexander rappelt sich hoch und brummt etwas vor sich hin, was niemand versteht.

Chiara lässt sich ihre Brille wiedergeben, setzt sie auf und geht weiter, als wäre nichts geschehen.

Die andern tuscheln und erzählen es allen, die es nicht gesehen haben.

„Was gibt es denn so Geheimnisvolles?", fragt Frau Schröder.

„Chiara kann Judo", flüstert Semira. „Sie hat Alexander gepackt und auf den Boden geworfen."

Frau Schröder schaut sich um, sieht Alexander mit seinen Freunden und ein paar Meter dahinter Chiara mit ihrer Sonnenbrillengruppe. Nichts deutet auf einen Streit hin.

„Bist du sicher?", fragt die Lehrerin.

Semira nickt heftig. „Alexander konnte

sich nicht mal wehren, so schnell ging das."

„Und seine Freunde haben ihm nicht geholfen?"

Semira schüttelt den Kopf. „Ich glaube, die haben jetzt Angst vor ihr."

Frau Schröder schaut noch einmal zurück.

Diese Chiara bringt mir in den letzten Wochen des Schuljahres noch die ganze Klasse durcheinander, denkt sie. Auf die muss ich Acht geben.

Als sie eine abgemähte Wiese erreichen, bleibt Frau Schröder stehen und lässt die Kinder einen Kreis bilden. „Jetzt legen wir uns auf den Bauch und beobachten das Stückchen Erde in unserem Blickfeld. Dabei nehmen alle ihre Sonnenbrillen ab, damit sie auch alles erkennen können." Einige murren zwar, befolgen aber dennoch Frau Schröders Anweisung. Kaum liegen sie, ruft Valerie: „Igitt! Ein Käfer!"

„Psst!", macht die Lehrerin. „Der wird dich bestimmt nicht fressen."

„Aber ich …"

„Wir sind jetzt eine Weile ganz still", sagt die Lehrerin leise. „Wir sehen, riechen und fühlen nur noch."

Es dauert nicht lange, bis die Ersten kichern.

„Habt ihr etwas Lustiges entdeckt?", fragt Frau Schröder ohne aufzuschauen.

Das Kichern verstummt.

Nach fünf Minuten erheben sich alle, und Marie muss sofort erzählen, was sie beobachtet hat: „Ein blau schimmernder Käfer hat einen kleineren verfolgt. Als er ihn fast erwischt hat, habe ich den kleinen Käfer auf meinen Finger krabbeln lassen und neben mir wieder ins Gras gesetzt. Jetzt kriegt ihn der große nicht mehr."

„Ich habe gesehen, wie eine Raupe an einem Grashalm gefressen hat", erzählt Maxi. „Schade, dass ich keine Lupe

dabeihabe, sonst hätte ich ihre Zähne gesehen."

„So eine kleine Raupe hat doch keine Zähne", meint Lara.

„Klar hat die Zähne", widerspricht Maxi. „Sonst könnte sie ja nicht von dem Grashalm abbeißen."

„Das klären wir gleich morgen im Unterricht", sagt Frau Schröder lächelnd.

Leonie hält ein vierblättriges Kleeblatt in die Höhe. „Das hab ich gefunden, das bringt Glück."

Ein Glückskleeblatt möchten auch andere Kinder und fangen sofort zu suchen an.

„Wie kann man nur so doof sein und das glauben!", spottet Chiara, die ihre Sonnenbrille inzwischen wieder aufgesetzt hat.

„Du bist selber doof!", kontert Leonie.

„Und du …"

„Ist gut, ist gut!" Frau Schröder schaut Chiara an und ärgert sich, dass sie deren Augen nicht sehen kann. Trotzdem bleibt sie ruhig und fragt: „Hast du denn keinen Glücksbringer – vielleicht sagst du ja auch Talisman dazu?"

„Nö."

„Na ja, das ist natürlich deine Sache, aber du hast nicht das Recht, andere doof zu nennen, die an solche Glücksbringer glauben."

Chiara schweigt.

„Ich hab eins! Ich hab eins!", ruft Jan und zeigt sein vierblättriges Kleeblatt der Lehrerin.

„Das freut mich für dich", sagt sie und streicht ihm über den Kopf.

„Jetzt such ich noch mal eins, dann hab ich doppelt Glück!"

Frau Schröder schaut von dem freudig

aufgedrehten Jan wieder zu Chiara. Es ist traurig, wenn Kinder in dem Alter schon so cool sind, dass sie sich nicht mehr über ein vierblättriges Kleeblatt freuen können, denkt sie.

Als sie sich dem Rastplatz nähern, sehen sie, dass eine andere Klasse schon Feuer gemacht hat.

„Super!", ruft Moritz. „Da können wir unsere Würstchen grillen!"

Wer Würstchen dabeihat, tut das. Die anderen essen, was ihre Rucksäcke bieten.

Antonia sitzt am Rand der Gruppe mit den Sonnenbrillen und knabbert an ihrem Nutellabrötchen herum. Da entdeckt sie vor sich auf dem Boden ein vierblättriges Kleeblatt. Sie schaut sich um, ob niemand sie beobachtet, dann reißt sie es vorsichtig aus, nimmt die Brille ab, steht auf und nähert sich Leonie und Maren. „Hier, das schenk ich dir", sagt sie und streckt Maren das Kleeblatt hin. Die zögert kurz – nimmt es und bedankt sich. Antonia setzt sich neben sie und isst den Rest ihres Brötchens. Keine der drei redet ein Wort.

Auf dem Rückweg fragt Maren, als wäre nichts gewesen: „Gehen wir heute Nachmittag ins Schwimmbad?"

Antonia nickt und Leonie sagt zumindest nicht Nein.

Einmal probieren

Auf dem Weg zum Freibad tut Antonia
sehr geheimnisvoll.

„Wenn du jetzt nicht sagst, was du uns
zeigen willst, will ich es gar nicht mehr
sehen!", mault Leonie.

„Dabei darf uns niemand sehen, sonst …"
Antonia spricht nicht aus, was sonst
passieren würde. Sie bleibt vor einer
stillgelegten Fabrik stehen und blickt sich
um. „Kommt!", flüstert sie und witscht
durch das offen stehende Gartentor.

Leonie und Maren schauen sich kurz an, dann siegt die Neugier und sie folgen ihrer Freundin, die hinter einen Schuppen läuft.

„Und was sollen wir hier?", möchte Maren wissen.

Antonia antwortet nicht. Stattdessen greift sie in die Hosentasche und zieht ein Päcken Marlboro heraus.

„Sind das richtige Zigaretten?", fragt Leonie.

„Klar, was denkst du denn?", antwortet Antonia. „Oder glaubst du vielleicht, das seien Schokozigaretten für Babys?"

„Und was willst du damit?"

„Was wohl?", fragt Antonia zurück.

„Rauchen, ist doch klar."

„Rauchen", wiederholt Maren.

„Du spinnst!", sagt Leonie.

„Wieso? Chiara und Amelie rauchen auch und sie haben …"

„Und weil die rauchen, sollen wir auch rauchen?!", fällt Leonie ihr ins Wort. „Ist mir doch egal, was die tun!"
„Probieren möchte ich es schon mal", murmelt Maren.
Leonies Kiefer klappt nach unten.
„Ich hab schon mal geraucht und es war gar nicht schlimm", sagt Antonia zu Maren.
Sie nimmt eine Zigarette aus der angebrochenen Schachtel.

„Woher hast du die?", fragt Maren.

„Ist doch egal", sagt Antonia nur und holt Streichhölzer aus der Hosentasche. Sie steckt die Zigarette in den Mund und zündet ein Streichholz an.

Maren und Leonie schauen sie gespannt an. Antonia führt die Flamme langsam an die Zigarettenspitze. Weil sie überhaupt nicht zieht, passiert nichts.

Sie gibt Maren die Zigarette.

„Tu's nicht!", bittet Leonie sie.

Maren hört nicht auf Leonie und steckt die Zigarette vorsichtig zwischen die Lippen. Dabei zieht sie eher aus Versehen ein wenig und bekommt so viel Rauch in den Mund, dass sie fürchterlich husten muss. Die Zigarette fällt zu Boden und Leonie tritt drauf. „Das geschieht dir ganz recht", sagt sie zu Maren. Dann dreht sie sich um und geht.

„Warte!", ruft Maren und läuft hinter
Leonie her. Sie hält sie am Arm fest, redet
auf sie ein und zieht sie dabei langsam
zurück.
„Wenn du die Zigaretten wegwirfst, gehen
wir zusammen ins Schwimmbad", sagt
Maren.
Antonia schaut das Päckchen in ihrer
Hand an. Dann lässt sie es einfach fallen
und macht einen großen Schritt drüber
weg auf Leonie und Maren zu.

Manfred Mai wurde 1949 in Winterlingen auf der Schwäbischen Alb geboren. Dass er einmal Bücher schreiben würde, hätte er als Junge nicht gedacht – denn er war kein großer Leser. Nach einer Malerlehre und zwei Jahren Fabrikarbeit wurde er über den zweiten Bildungsweg Lehrer und fing an zu schreiben. Heute zählt er zu den erfolgreichsten Kinder- und Jugendbuchautoren. Auch für den Leseraben hat er schon viele Bücher geschrieben.

 Betina Gotzen-Beek zählt derzeit zu den beliebtesten Kinderbuchillustratorinnen. Mit ihren pfiffigen Zeichnungen hat sie nicht nur der Leonie Leben eingehaucht, sondern auch zahlreichen anderen Erstlesetiteln und Bilderbüchern einen unverwechselbaren Charme verliehen. Seit 1996 ist sie als freiberufliche Illustratorin tätig. Vorher hat sie Grafikdesign studiert und zeitweise auch als Restaurateurin, Floristin, Köchin und Verkäuferin gearbeitet.

Zu diesem Buch gibt es auch die ersten beiden Bände „**Leonie ist verknallt**" und „**Leonie, der Jungenschreck**" von Manfred Mai mit Illustrationen von Betina Gotzen-Beek.

Leserätsel
mit dem Leseraben

Super, du hast das ganze Buch geschafft!
Hast du die Geschichte ganz genau gelesen?
Der Leserabe hat sich ein paar spannende
Rätsel für echte Lese-Detektive ausgedacht.
Mal sehen, ob du die Fragen beantworten
kannst. Wenn nicht, lies einfach noch mal
auf den Seiten nach. Wenn du die richtigen
Antwortbuchstaben in die Kästchen auf Seite 58
eingesetzt hast, bekommst du das Lösungswort.

Fragen zur Geschichte

1. Warum springen die Mädchen auf und
kreischen? (Seite 5)
  B : Weil die Jungs ihnen Wasser auf den
  Rücken schütten.
  R : Weil sie einen schlimmen Sonnenbrand
  haben.

2. Warum mag Chiara nur Markenkleidung?
(Seite 18/19)
  E : Weil Markenkleidung einfach besser sitzt.
  I : Weil Chiara Markenkleidung cool findet.

3. Welche Sprache hat Chiara in San Francisco gesprochen? (Seite 25)

K : Sie hat Englisch gesprochen.

I : Sie hat Russisch gesprochen.

4. Warum sagt Marcel gern gemeine Dinge über seine Schwester? (Seite 36)

F : Weil er sie nicht mag.

I : Weil es ihm Spaß macht, wenn sich alle aufregen.

5. Warum tragen Chiara und ihre Freunde Sonnenbrillen? (Seite 39)

S : Weil die Sonne scheint.

N : Weil sie es cool finden.

6. Warum führt Antonia ihre Freundinnen zur stillgelegten Fabrik? (Seite 52)

I : Sie möchte mit ihnen dort heimlich rauchen.

A : Sie will ihnen ein Geheimversteck zeigen.

Lösungswort:

1	2	3	4	5	6

Super, alles richtig gemacht! Jetzt wird es Zeit für die RABENPOST.
Schicke dem LESERABEN einfach eine Karte mit dem richtigen Lösungswort. Oder schreib eine E-Mail.
Wir verlosen jeden Monat 10 Buchpakete unter den Einsendern!

An den LESERABEN
RABENPOST
Postfach 20 07
88 190 Ravensburg
Deutschland

leserabe@ravensburger.de
Besuche mich doch auf meiner Webseite:
www.leserabe.de

ERZ_06_012